L'AUBERGE
DES ÉTRANGERS,

OU LA VALISE

DE CUIR DE RUSSIE,

COMÉDIE A CARICATURE,

EN UN ACTE ET EN PROSE;

PAR L'AUTEUR

D'On fait ce qu'on peut, des Fausses Consultations , de la Fête de Campagne , ou l'Intendant Comédien malgré lui , &c. &c.

Tout auteur dont l'ouvrage amuse & nous fait rire, est à l'abri de la satyre.

Le prix est de 1 liv. 5 sous.

A PARIS,

Chez CAILLEAU, Imprimeur-Libraire, rue Gallande, N°. 50.

AN V DE LA RÉPUBLIQUE FRANÇAISE.

PERSONNAGES.

DODINET, aubergiste.

SA FEMME.

LE CHEF DE CUISINE.

VALVILLE, comédien,

UN VALET GASCON,

UN ANGLAIS,

UN POSTILLON ALLEMAND,

UNE DAME ITALIENNE,

UN MATELOT PROVENÇAL,

UN ARMÉNIEN,

UN SERGENT DE PATROUILLE,

} joués par le même acteur.

La scène se passe à Marseille, dans une auberge.

Cette pièce, jouée par des artistes intelligens, doit faire le plus grand plaisir sur tous les théâtres où elle sera représentée, par le *vis comica* qui y règne depuis la première scène jusqu'à la dernière. Il faut que le comédien chargé du rôle de Valville, n'ait pas plus de trente à trente-six ans.

L'AUBERGE DES ÉTRANGERS,

COMÉDIE.

Le théâtre représente une cuisine d'auberge ; il y a une grande table, des fourneaux, & une broche tourne devant le feu : un poulet y est embroché. Il doit y avoir dans la cuisine plusieurs portes censées ouvrir sur la rue & sur la cour, & une porte d'appartement.

SCÈNE PREMIÈRE.

Quand la toile se lève, Valville est déjà en scène, tenant sa valise par le bout.

VALVILLE seul, en redingotte rouge.

QUELLE diable d'auberge est-ce donc ici ? Depuis une demi-heure que je suis à attendre là, personne ne répond. La cuisine ne me paroît pas trop échauffée non plus. Voilà un poulet assez maigre qui tourne là pour toute provision. Il me semble que j'aurai un mauvais gîte. Ma foi, tout coup vaille ; je ne m'ennuie jamais dans aucun endroit, & si mauvais que soit celui-ci, encore faut-il en tirer parti. Si l'hôte & l'hôtesse sont de bonnes personnes, accommodons-nous-en... Si au contraire ils sont un peu récalcitrans, j'ai encore un dédommagement tout prêt...

Promenons-les quelques momens, & amusons-nous à leurs dépens. Il faut savoir profiter de tout. Que diable! je joue la comédie assez souvent pour les autres, je peux bien me la donner aussi quelquefois à moi-même... Ho la donc! quelqu'un...

SCENE II.

VALVILLE, L'AUBERGISTE, *venant du côté de la cour.*

L'AUBERGISTE.

Est-ce-t'i pas Monsieur qui vient d'arriver & qui appelle depuis long-temps?

VALVILLE.

Oui, Monsieur, c'est moi-même, & je commençois à m'égosiller.

L'AUBERGISTE.

J'en suis bien-aise, Monsieur, de vous voir: c'est moi qui suis le maître ici.

VALVILLE.

Tant mieux pour vous, Monsieur; & moi, en ce cas là, je suis tout à vous.

L'AUBERGISTE.

Ben obligé, Monsieur.

VALVILLE.

Vous êtes bien honnête assurément. (*A part.*) Il me paroît que j'ai bien rencontré pour m'amuser; voilà déjà un original.

L'AUBERGISTE.

Eh ben, Monsieur, qu'est-ce qu'il y a pour votre service?

VALVILLE.

Je crois que cela n'est pas difficile à deviner. Je viens ici vraisemblablement pour demander à souper & à coucher. Je crois que c'est faisable ça, n'est-ce pas, Monsieur le maître?

L'AUBERGISTE.

Monsieur, c'est suivant ça.

VALVILLE.

Oh! en payant, s'entend, ça va sans dire.

L'AUBERGISTE.

Eh ben, c'est encore suivant, quoique ça.

VALVILLE.

Comment ? suivant... N'êtes-vous pas aubergiste ?

L'AUBERGISTE.

Sûrement que je le suis ! & un des premiers d'ici encore ; puisque j'en ai acheté le fonds, dont même que j'en ai épousé la fille.

VALVILLE.

La fille du fonds ?

L'AUBERGISTE.

Non, mais le fonds de .... & du père, de la fille enfin, dont comme quoi que je le remplace à l'Aigle Impériale, hôtel des Étrangers. Tardine, vous avez dû voir l'enseigne là, qu'est à ma porte, toute redorée à neuf même.

VALVILLE.

Eh bien qu'est ce que cela prouve, cette dorure ? que vous êtes aubergiste, n'est-ce pas ?

L'AUBERGISTE.

Eh ! jarny, c'est ça que je vous dis depuis une heure.

VALVILLE.

Et moi, depuis une heure je vous répète que je suis voyageur, que je m'arrête chez vous, & qu'en conséquence vous me donnerez à souper & à coucher : cela est-il clair ?

L'AUBERGISTE.

Monsieur, il n'y a encore rien de dit à tout ça. Je vois bien que vous ne m'entendez pas vous autre. Mais nous allons nous expliquer ; parce que, entendez-vous bien... Moi, je suis arrivé de Paris depuis rien que trois semaines pour m'établir ici, avec la demoiselle, comprenez-vous ? N'y a plus. C'est dit, ça ; v'là pour moi. Mais vous, à présent, Monsieur, d'où que vous venez ? voyons.

VALVILLE.

Moi ?

L'AUBERGISTE.

Oui, vous ; y faut que je sache ça.

VALVILLE, à part.

Sa curiosité me paroît plaisante ! (Haut.) Je viens de Lyon, Monsieur.

L'AUBERGISTE.

De Lyon ! ça n'est pas loin ce pays là. Où que ça est ça ; c'est en France, pas vrai ?

VALVILLE.

Oui, Monsieur, oui, en France, à quatre-vingt-sept lieues d'ici.

L'AUBERGISTE.

C'est fort bien ; mais de quel pays que vous êtes, vous ?

VALVILLE.

Ah ! celui-là est un peu fort, par exemple !... Mais pour vous interroger à mon tour, qu'est-ce que cela vous fait ?

L'AUBERGISTE.

Ça me fait tout : je ne puis pas vous recevoir ici, sans savoir ça.

VALVILLE, à part.

Ah ! c'est apparemment pour l'inspection de la police. (Haut.) Est-ce un passe-port qu'il vous faut ? Voyons, expliquez-vous.

L'AUBERGISTE.

Non ; ça ne me regarde pas, ça. Je vous demande seulement votre pays, d... qu'est-ce que vous ?

VALVILLE, à part.

Je n'y comprends rien ; mais c'est égal, jasons toujours. (Haut.) Monsieur, je suis du Sen.

L'AUBERGISTE.

Sens ? Ça n'est pas loin non plus, ça.

VALVILLE

Eh ! vous devez avoir place partout par là, puisque vous venez de l'sud.

L'AUBERGISTE.

Eh ! oui, c'est bien ce que je dis aussi.

VALVILLE.

Eh bien ! Monsieur, la ville de ... est en Bourgogne.

L'AUBERGISTE.

En Bourgogne !... Oh ! ben, ça ne fait pas encore notre affaire. Et où aller-vous ?

VALVILLE, à part.

Ah ! voilà un drôle de tout-à-fait ridicule... Voyons donc jusqu'où sont ces interrogations... (Haut.) Monsieur, puisque vous voulez savoir où je vais, c'est à Toulouse, en Languedoc.

L'AUBERGISTE.

Lyon, Bourgogne, ... et c'est...

VALVILLE.

Positivement, Monsieur. Ça fait-il votre compte, ça ?

L'AUBERGISTE.

N'y a point d'étrangers dans tout ça ?

VALVILLE.

Oh ! non ; c'est tous bons Français, bons républicains.

L'AUBERGISTE.

Eh bien! tant pis pour vous. Ça vous dérange, ça : je ne peux pas vous loger ici.

VALVILLE.

En voilà bien d'une autre à présent? Comment? vous ne pouvez pas me loger? Eh! qui est-ce qui vous en empêche donc?

L'AUBERGISTE.

Ah! comme vous avez la tête dure aussi vous! Est-ce que vous ne vous souvenez pas que je viens de vous le dire? & même comme vous l'avez lu vous-même sur mon enseigne... Que c'est ici L'AUBERGE DES ÉTRANGERS.

VALVILLE.

Eh bien! après? Que me fait à moi votre enseigne?

L'AUBERGISTE.

Ça vous fait tout. Puisque vous n'êtes pas étranger, vous, en rien, ni en allant, ni en revenant, ni natif même : je ne peux pas vous loger.

VALVILLE.

Ah ça, Monsieur le maître, est-ce une plaisanterie que vous me faites?

L'AUBERGISTE.

Pas du tout; c'est tout de bon. Mettez-vous à ma place. Je suis nouveau, moi, dans l'auberge-ci; mais quoique ça, faut que j'en soutienne le fonds, comme je l'ai pris, vous sentez bien. Je ne veux pas aller contre mon enseigne; je me ferois des affaires... Vous n'êtes pas étranger; il n'y a rien ici pour vous.

VALVILLE, à part.

Ah! parbleu, il ne pourroit pas m'arriver une meilleure histoire! Voilà un sujet de comédie tout donné... Eh bien! morbleu, jouons-la... Je ne perdrai pas cette occasion-là.

L'AUBERGISTE.

Dame, oui; je sens bien que l'occasion ne vous est pas favorable; mais ce n'est pas ma faute, à moi : c'est mon étiquette qu'en est cause... Vous trouverez ici d'autres auberges qui n'ont pas les mêmes titres que moi, ils vous recevront.

VALVILLE.

Croyez-vous?

L'AUBERGISTE.

Oh! sûrement; y en a à choisir, & pas loin même; mais par ici, ça ne se peut pas.

VALVILLE, à part.

Bon!... voyons à arranger notre plan. (Haut.) Monsieur,

puisque cela ne se peut pas, prenons que je n'aie rien dit... Je vous demande même pardon de mon inconséquence, & de n'avoir pas deviné cela d'avance, en lisant votre enseigne.

L'AUBERGISTE

Oh! je dis, n'y a pas de mal; vous n'êtes pas obligé de savoir ça, vous; mais moi, c'est mon état; & dame, comme vous savez, chacun le sien.

VALVILLE.

Sans doute; & vous m'avez l'air de bien faire le vôtre, vous!

L'AUBERGISTE.

Moi? comme ça; je le commence, & il ne me manque que des pratiques. Ça ne vient pas souvent, ces étrangers; c'est de si loin!...

VALVILLE, à part.

Eh bien! je vais t'en envoyer, va; ne t'inquiète pas (*Haut.*) Monsieur, je vais, comme vous me le conseillez, chercher une autre auberge. Permettez-moi seulement de passer dans cette chambre à côté, pour me reposer un quart-d'heure; & faites-moi servir une demi-bouteille de bon vin pour me rafraîchir.

L'AUBERGISTE.

Pas possible, en conscience.

VALVILLE.

Comment! pas une demi-bouteille?

L'AUBERGISTE.

Pas seulement un verre. Pensez donc à l'enseigne!

VALVILLE, à part

Le diable l'emporte lui & son enseigne... (*Haut.*) Mais je m'en irai dans un instant.

L'AUBERGISTE.

Je ne peux pas, encore une fois... Et pis vous ne savez pas ce que vous demandez, vous. Ste chambre-là, c'est justement celle-là où ce que vous ne pourriez pas entrer d'aucune façon; c'est l'appartement de préférence de la maison, ça; c'est le pus essentiel de mon auberge, parce qu'il a deux ou trois sorties, & autant d'entrées, voyez-vous bien; d'abord une par la cuisine, parce que c'est comme une antichambre, ça; une autre sous la grande porte de la rue, & pis une communication par les écuries. C'est ben commode, n'est-ce pas?

VALVILLE, à part.

Ah! ventrebleu, comme ça le seroit pour moi, avec mon projet de le promener. Il faut absolument que je le détermine à m'y laisser entrer. (*Haut.*) Écoutez, mon cher, j'entre dans toutes

vos

vos raisons. En conséquence je pars ; mais laissez-moi seulement y poser ma valise pour une minute & me rajuster un peu devant la glace, & je pars tout de suite pour me chercher un autre gîte... Que diable ! , faite que vous ne me logiez pas comme un étranger, mais en qualité de compatriote, de Français comme moi... Un petit effort ! allons, mon brave homme ; il faut bien faire quelque chose pour la nation. D'ailleurs, observez donc que vous ne dérogerez pas à votre enseigne en recevant ma valise. Je suis Bourguignon, moi ; mais ma valise est de cuir de Russie, elle est étrangère, & par conséquent je vous jetais voir que vous êtes dans le cas de la recevoir & de la loger chez vous.

L'AUBERGISTE.

Eh ben ! entendons-nous, Monsieur ; je ne m'oppose pas à la valise ; elle est, dites-vous, de cuir de Russie — diantre c'est bien loin, ça. Je puis la loger sans difficulté. Faloit me dire sie parole la tout de suite ... Allons, c'est dit ; je ne suis pas un Arabe, moi ; je veux bien vous faire ce plaisir-là... Passez un petit moment dans sie chambre, mettez-y votre valise pour un quart-d'heure, & arrangez-vous pour aller dans la ville ; mais qu'on ne sache pas ça, entendez-vous, parce que réellement ça me feroit du tort.

VALVILLE.

Oh ! n'ayez pas peur, allez. Bien obligé, toujours : dans deux minutes, il ne sera plus question de moi chez vous. (A part.) Ah ! morbleu, j'espère bien au contraire que j'y vais jouer quelques bons rôles ... (Haut.) Serviteur. ... Faites vos affaires ; moi, je vais penser aux miennes.

(Il entre dans la chambre avec sa valise.)

SCENE III.

L'AUBERGISTE seul.

C'est bien fait, allez... Ah ! j'en vais être bientôt débarrassé !... Je l'y ai conté pour raison que je ne pouvois pas loger des Français, des Parisiens, des .. tout ça. C'est bien vrai d'une façon ; mais y a encore une raison plus essentielle à ça, parce que si je le voulois bien, dans le fond, je serois toujours ben le maître... Mais c'est que n'y a pas de profit avec tous ces gens-là ; y sont toujours à court, & quoique ça y se plaignent toujours. Y vou-

B

droient les meilleurs morceaux, les plus belles chambres, & toujours pas cher. Au lieu que les étrangers, on fait mieux son calot avec eux ; ça est pus riche d'abord, & pis on leus fait les cartes comme on veut ; ça ne fais pas les usages ni les prix, ça fait qu'on les redresse sur un écot où ce qu'ils n'y voient goutte, & qui s'en vont encore bien contens : tout ce que je voudrois, c'est qu'il m'en vînt pus souvent.

_____

SCENE IV.

L'AUBERGISTE, UN MATELOT PROVENÇAL.

LE MATELOT, *parlant provençal.*

Ho-LA! filles, garçons, lequel est-ce qu'il est le maître de la maison ?

L'AUBERGISTE.

C'est moi, Monsieur ; quoi ce qu'il faut ?

LE MATELOT.

N'est-ce pas ici l'auberge des Etrangers ?

L'AUBERGISTE.

Oui, Monsieur, en personne.

LE MATELOT.

Tant mieux ; je vous en amène ici un qui vient de loin même. C'est un Anglais Bostonien qui revient de Philadelphie. Y peut y loger chez vous, celui-là ?

L'AUBERGISTE.

Comment donc ! sûrement qu'oui ! & c'en de l'honneur pour nous encore ! Un... un Fialaphien de botanique !... Comment que vous dites ça donc ?

LE MATELOT.

Un Bostonien de Philadelphie.

L'AUBERGISTE.

Ah ! oui, un Botonien de Philaphie : c'est ça. J'en ai déjà entendu parler, allez, de ces gens-là. C'est-y pas de l'autre côté de la Manche... là, de Calais ?

LE MATELOT.

Oui, la Manche, comme vous dites ! Je vois que vous connoissiez la carte.

L'AUBERGISTE.
Oh! oui; & je la fais bien faire auffi!

LE MATELOT.
Oui, je crois que c'eft ce que vous entendez le mieux. Ah ça,
dites donc, fi vous connoiffez ce Boftonien de Philadelphie, me
connoiffez-vous auffi, moi, de quelque part?

L'AUBERGISTE.
Non; je ne vous ai jamais vu, vous.

LE MATELOT.
En êtes-vous bien fûr?

L'AUBERGISTE.
Oh! très fûr même; votre figure ne me revient pas du tout?

LE MATELOT.
Vous êtes bien honnête, affurément. Eh bien, moi, la vôtre
me revient. Nous nous fommes vus déjà une fois.

L'AUBERGISTE.
C'eft finguyer, ça; je n'en ai pas d'idée du tout dans la tête,
moi, de ça. Quand donc que c'étoit t'y?

LE MATELOT.
Avant mon voyage de Bofton & de Philadelphie.

L'AUBERGISTE.
Oh ben, mais c'eft ça, voyez-vous: y a long-temps, dame!
& vous avez peut-être bien changé depuis ce temps-là?

LE MATELOT.
Oh! je vous en réponds; de tout en tout... Mais vous me re-
connoîtrez mieux une autre fois, n'eft-ce pas?

L'AUBERGISTE.
Je vous le promets, allez; je fuis phifionifte, moi. Quand j'ai
une fois fifqué mes deux yeux deffus une perfonne, je la recon-
nois toujours.

LE MATELOT à part, en français.
Nous allons voir ceci tout-à-l'heure. En provençal. Ah ça,
dites donc, onfieur le maître, mon Anglais y va arriver tout
de fuite. C'eft un homme qu'il aime la propreté, je vous en
avertis: avez-vous une belle chambre pour le recevoir?

L'AUBERGISTE.
Ah! ça ne nous manque pas; foyez tranquille. En v'là une ici
à côté où ce qu'il a logé de grands feigneurs, & qui venoient de
bien loin auffi même.

LE MATELOT.
Eh bien! faites-la-moi voir, & puis je vous dirai bien fi cela y
fera fon affaire. (*Il va pour y entrer.*)

B 2

L'AUBERGISTE, *le retenant.*

Attendez, je vais voir si elle est arrangée. (*A part.*) Voyons auparavant si mon Français y est encore. Je ne veux pas qu'il y voye d'autre monde. *Il entre dans la chambre.*)

SCENE V.

LE MATELOT *seul, sans baragouin.*

Bon! bon!... vas-y. Voilà déjà une première introduction. Il me paroît que j'en aurai bon marché pour les autres. Ah! je lui apprendrai à refuser les François & à préférer les étrangers. C'est singulier cette manie qui a pris chez nous depuis quelque temps... Ah! il faut corriger cela... Il est entré dans la chambre pour voir si j'y étois encore apparemment; mais il n'y trouvera ni moi ni ma valise, car je l'ai cachée dans une armoire, entre deux portes; il n'ira pas la chercher là.

SCENE VI.

L'AUBERGISTE, LE MATELOT.

L'AUBERGISTE, *à part.*

JE suis bien-aise; y s'est en allé par devant, & il a remporté même sa valise : y m'a tenu parole; c'est un brave homme. (*Haut.*) Mon ami, si vous voulez voir la chambre, tenez, entrez par ici.

LE MATELOT.

Bon. Restez, restez là, vous : je verrai bien tout seul : demeurez à votre cuisine pour répondre, s'il vient du monde; car mon Anglais y ne va pas tarder, je vous en préviens... du moins... Ainsi, moi y entre; & vous, restez là.

(*Il entre sans cérémonie*)

SCENE VII.

L'AUBERGISTE *seul.*

IL a raison. Je ne sais pas où diable est le chef de cuisine... Il me laisse comme ça tout seul, moi.... C'est un paresseux; faut

que je le gronde...A propos, il est allé au marché, lui; c'est pas
sa faute... Mais ma femme, tenez, qui est à causer avec quelque
voisine... C'est un bavarde! y faut que je la corrige... Oh! non;
je me souviens, elle est à la cave; n'y a rien à l'y dire... Mais c'est
cette coquine de servante, voyez-vous; faut que je la renvoie,
celle-là: c'est tout... A propos, elle est là-haut à faire les chambres...
n'y a personne à gronder... Eh ben! Monsieur le matelot, comment trouvez-vous st'appartement-là?... Mais j'apperçois
quelqu'un...

SCENE VIII.

L'AUBERGISTE, L'ANGLAIS, *entrant par la porte de la rue.*

L'ANGLAIS.

Houdy dou ser. Dites un peu, vous, l'homme, avez-vous
pas vu par ici un matelot provinçal?

L'AUBERGISTE.

Provençal!... Oui, c'est ça... Ah! Mylord, c'est vous apparemment, le Botonien qui m'a dit?

L'ANGLAIS.

Oui, c'est moi-même. Vous loge les étrangers, pas vrai?

L'AUBERGISTE.

Oui, Mylord, je m'en fais t'honneur.

L'ANGLAIS.

C'est bien fait à vous. Ecoute, j'ai grand appétit; je veux
souper tout de suite. Avez-vous quelque chose pour manger?

L'AUBERGISTE.

Mylord, sûrement. Y a t-ici tout ce que vous voudrez. D'abord
v'là un poulet à la broche qu'a bonne mine: tenez, le v'là ben-
tôt cuit; il est tout prêt à manger.

L'ANGLAIS.

Otez, ôtez-moi cet oiseau-là; je ne mange pas de petit moi-
neau. Mettez-moi de bœuf... ein bon rooshif; ein bon mouton
dans son jus là, toute saignant, gouth! Ca l'y être un bon manger! y faire un bon estomach! mais ça poulet là, fidonc; tire ça,
& donne pour mon valet.

L'AUBERGISTE, *à part.*

Diable! y nourrit ben ses gens! c'est un mylord sûrement.

(*Haut.*) On le lui donnera, mylord ; & v'là un aloyau que je vais mettre à la broche pour monseigneur ; ça lui conviendra-t-il ?

L'ANGLAIS

Oui, bon ; mette ça tout de suite, car j'ai faim.

L'AUBERGISTE.

Tout à-l'heure. Et qu'est-ce que Mylord boira ?

L'ANGLAIS.

Mylord y boira du vin de Bordeaux à table ; & auparavant faites porter de la bierre d'Angleterre, entendez-vous ?.. Avez-vous de bonne ?

L'AUBERGISTE

Oh ! je vous en réponds ; elle vient de Londres même. Je vais vous en chercher.

L'ANGLAIS.

C'est bon... Oh ! l'homme, dites un peu : je reste pas dans ein cuisine. Où est-ce que vous y mette moi ?

L'AUBERGISTE.

Ah ! pardon, mylord ; c'est la précipitation de vous servir .. Mais, tenez, donnez-vous la peine d'entrer dans cette chambre, vous allez y trouver votre provençal. Je vous fais entrer par la cuisine. mais c'est pour vous éviter un détour, & je m'en vais tout de suite vous chercher de la bierre.

L'ANGLAIS.

Bon. Et porte aussi une pipe, entendez-vous ?

L'AUBERGISTE.

Oui, Mylord, vous aurez tout ce qu'il faudra.

L'ANGLAIS, *entrant.*

Par ici, n'est-ce pas ?

L'AUBERGISTE.

Oui, mylord, tout droit ; la porte vous fait face... Voulez-vous que je ..

L'ANGLAIS.

Non, non, restez ; faites mon cuisine, vous. Je connois votre chambre comme si j'avois déjà été dedans.   (*Il entre*)

L'AUBERGISTE, *appelant le matelot.*

Provençal, voilà Mylord.

VALVILLE *en dedans, en provençal*

Bon ! je l'entendois bien venir... Allez toujours chercher la bierre qu'on vous demande ; & sur-tout, n'oubliez pas la pipe, entendez-vous ?

L'AUBERGISTE.

Non, non.

SCENE IX.

L'AUBERGISTE *seul.*

C'EST un plaisir avec ces étrangers ; voyez comme ils sont honnêtes ! Si c'étoit un petit ferluquet de mon pays, il faudroit que tout le monde fût en l'air pour le servir.

SCENE X.

L'AUBERGISTE, LE MATELOT PROVENÇAL.

LE MATELOT.

EH bien, dites donc, pays, apprêtez-vous le souper ?

L'AUBERGISTE.

Oui, je va l'y mettre si'aloyau-là ; & v'là un poulet pour vous qu'il a commandé.

LE MATELOT.

Je le fais bien ; je l'ai t'y pas entendu. Gardez-le-moi ; je le mangerai quand je serai revenu. Nous nous en allons avec mon maître faire un tour sur le port, en attendant le souper. Adieu, nous nous reverrons tantôt. (*Il entre.*) (*En anglais.*) Eh bien ! Provençal, venez-vous donc ? (*En provençal.*) J'attendois la pipe. (*En anglais.*) Eh ! laisse, & viens à moi. (*En provençal.*) Me voilà, mylord ; je parlois à Monsieur le maître.

SCENE XI.

L'AUBERGISTE *seul.*

BON jour... Il a l'air bon garçon, ce provençal (*Il embroche l'aloyau.*) J'ai pourtant ben fait de ne pas donner ma chambre à cet autre : je serois pris là, moi, à cette heure, & je perdrois ça, tenez. Oh ! j'ai eu bon nez... Allons chez le voisin chercher de la bierre ; elle est bonne, & je la donnerai pour être d'Angleterre.. car je n'en ai pas ici... (*Il va du côté de la cave, & appelle.*) Eh ! ma femme !... Madame Dodinet !

SCENE XII.

L'AUBERGISTE, SA FEMME, *sortant de la cave, avec un broc & un martinet allumé.*

SA FEMME.

EH ben, quoi qu'y a donc? V'là que je remonte.

L'AUBERGISTE.

Eh! pardine, y a que v là plus d'une heure que t'es à ste cave, & que je t'appelle pour rester à la cuisine à ton tour. V'là que j'avons du monde à servir. Moi, je vas voir à trouver la bierre qu'on a demandée. Rince des verres, toi, tandis stemps-là, & apprête une pipe.

SA FEMME.

Tiens, une pipe! Est-ce que tu veux fumer, toi, à st'heure?

L'AUBERGISTE.

Pardine, oui! j'ai bien le temps de ça.. Et pis tu sais ben, ça n'est pas comme ça que je fumerois, moi... D'ailleurs, ça donne une mauvaise odeur, & tu n'aimerois pas ça, pas vrai?

SA FEMME.

Tu l'as dit.

L'AUBERGISTE.

Ah! je le sais ben; mais aussi regarde.

(Il l'embrasse.)

SA FEMME.

Eh ben! eh ben! qu'est-ce que tu fais donc?

L'AUBERGISTE.

C'est pour te faire voir que je ne fume pas.

SA FEMME.

Eh! là là... Allons, allons, va-t-en chercher ste bierre.

L'AUBERGISTE.

T'as raison, femme. Je crois que j'aurons une bonne soirée aujourd'hui.   *(Il s'en va.)*

SCENE XIII.

LA FEMME *seule.*

EH! mon Dieu! qu'est-ce donc ce que mon homme a mangé, pour être si guilleret ce soir?... Je ne l'ai jamais vu s'en train..

N'y

N'y a pas de mal à ça ; ça annonce une bonne nuit... Ah ! voilà du monde qui nous arrive ! il avoit bonne idée notre homme. (*On entend claquer un fouet de poste.*)

SCENE XIV.

LA FEMME, UN POSTILLON ALLEMAND.

LE POSTILLON, *entrant par la porte de la rue, parlant le baragouin.*

TERTIFLE ! comme l'y être tout long sta tiable de route !... Ponchour, Matame. Tire ein peu moi fous, l'y être ti ein au-perche tans la maison ?

LA FEMME.

Oui, mon ami.

LE POSTILLON.

Eh pien ! où ce que l'y être tone ?

LA FEMME.

Eh ! pardy, vous le voyez bien ; c'est ici.

LE POSTILLON.

Ici... Point capaple pour locher ein chefal, ici.

LA FEMME.

Eh ! mais, ce n'est pas ici l'écurie non plus ; elle est plus loin dans la cour.

LE POSTILLON.

Ah ! l'écurie plus loin... Et ici, qu'est-ce que l'y être tone ?

LA FEMME.

Ici, c'est la cuisine.

LE POSTILLON.

Ah ! la cuisine ! Pon ! Ça aussi ! Et tire ein peu où ce que l'y être la cave ?

LA FEMME.

La cave ? Elle n'est pas loin.

LE POSTILLON.

Tant mieux. Faire venir ici tout de suite.

LA FEMME.

Comment faire venir ici ? Vous voulez donc du vin ?

LE POSTILLON.

Ia, du vin ! & peaucoup, porte ici.

C

LA FEMME, *lui montrant le broc.*
En v'là du tout porté.

LE POSTILLON, *prenant le broc.*
Ah! gouth! charmante youîre.

LA FEMME.
Voulez-vous qu'on vous rince un verre?

LE POSTILLON.
Non; pas pefoin di tout.

(*Il boit à même le broc.*)

LA FEMME.
Ne vous gênez pas.

LE POSTILLON.
Comme ça l'y être plus commotte...

(*Il boit encore.*)

LA FEMME.
Vous avez donc ben foif?

LE POSTILLON.
Oui. Ste tiable de pouffière tans le chemin l'y être falée comme
tout ; j'en ai manché au moins une temi-livre: je lave ein peu à
fi'heure ma golier, après je poirai tout-à-l'heure.

(*Il boit encore.*)

LA FEMME.
La pefte ! comment ira-t-il donc?.... Eh! venez-vous de
loin, comme ça?

LE POSTILLON.
Chamène, tepuis la Hollante, une tame italienne de la Ve-
niffe, afec ein chaife & trois chefals ; & il faut tonner fous ein
pon lochement pour locher tous.

LA FEMME.
Comment tous !

LE POSTILLON.
Oui ; ein pelle champre pour la Matame italienne ; ein pelle
écurie pour la chefal, & ein pon cuifine pour moi.

LA FEMME.
Ah! bon! C'eft donc là où vous mettez votre lit, vous?

LE POSTILLON
Oh! moi, che couche chamais ; che tors fur la taple.

LA FEMME.
Et quelquefois deffous, n'eft-ce pas?

LE POSTILLON.
L'y être ékalement toute la même.

LA FEMME.

Eh ben ! vous aurez tout ça. Mangez-vous beaucoup ?

LE POSTILLON.

Non. Che poire plus ; pour mancher, ch'aurai afiez afec ça poulette-là.

LA FEMME.

C'eſt dit ; on vous le gardera.

LE POSTILLON.

Pon ! l'y être fuffifment. La Matame italienne l'y être à deux pas ; che vais la chercher & l'amener ici tout te fuite.

LA FEMME.

Tenez, paſſez par ici, vous verrez la chambre que je veux ly donner. Si vous voulez fortir, il y a une porte qui donne fur la cour, ça fait que vous verrez les écuries en même-temps.

LE POSTILLON.

Ça pon : che fuis fort aife pour foir…

(*Il entre.*)

LA FEMME, *rinçant des verres.*

Comment l'trouvez vous, ſt'appartement-là ?

LE POSTILLON, *en dedans, fans être vu.*

Che troufe fort choli, mon foi ! L'y être encore teux portes ; où ce que l'y aller tonc afec ?

LA FEMME.

Eh bien ! je vous l'ai dit ; une fur la cour, une fur la rue.

LE POSTILLON, *en dedans.*

Et puis ein encore fur la cuifine : l'y être la plus acréable !

LA FEMME, *à part.*

Oui ; je crois que c'eſt celle par où il paſſera le plus fouvent.

LE POSTILLON, *en dedans.*

Ah ! Matame l'auperche, cours tonc fite tans la rue, voilà Matame l'Italienne : il venir ici toute feule ; cours fite. Tonne la main pour elle ; moi challer prendre le chefal.

LA FEMME.

De quel côté vient-elle ?

LE POSTILLON, *en dedans.*

Au coin là-bas, à droite ; cours fite : amène ici.

LA FEMME.

J'y vais.

(*Elle ouvre la porte de la rue pour fortir. On voit entrer l'Italienne.*)

C 2

SCENE XV.

L'ITALIENNE, *en Amazone*; LA FEMME DE L'AUBERGISTE.

LA FEMME.

AH! Madame, je vous demande bien des pardons; je voulois avoir l'honneur d'aller au-devant de vous.

L'AMAZONE.

Vi z'êtes bien graciofa, Signora; je me fouis fait enfeigner la voftra hôtelleria per vos voifins, qui m'ont dicto que je ferois ici chez ouna brava dama; que je ferois bien logée, bien nourrie, bien couchée, en un mot, que je ne manquerois de rien.

LA FEMME.

Affurément, nous ferons notre poffible pour contenter une auffi aimable dame que vous; & toute notre maifon eft bien à votre fervice... Madame eft-elle bien fatiguée?

L'AMAZONE.

Ah! je fouis briffée, moulue... j'ai les côtes enfoncées, la tête caffée, les reins qui me font mal, les jambes reployées, les oreilles gonflées par le vent, les yeux pleins de pouffière, ouna flouxion deffous les dents, enfin je n'ai pas la plus petite partie de mon corps en bon état.

LA FEMME.

Voilà un voyage qui vous a furieufement maltraitée.

L'AMAZONE.

Je vi dego qu'il m'a tout tout-à-fait; je ne me fento piou cuifer de ... je n'aurai feulement pas la force de manger... Avete ... quelque chofa per me refaire ouna poquetino? quouelque petita bagatelle per mettere fous la dent?

LA FEMME.

On va donner à Madame un bon petit bouillon léger.

L'AMAZONE.

Non; le bouillon je n'aime pas; il me creufe trop & me fatigue l'eftomach. Vi n'auriez pas quouelque chofa de délicat, de grifo, où ce qu'il y ait ouna tant foit peu de quoi garnir la bouche?

LA FEMME.

Si fait, Madame. Comme quoi fouhaiteriez-vous ça?

L'AMAZONE.

Ma oun rien ; ouna galinetta, ouna dindonetta grazetta, quoualque chosa de foucoulent, avec ouna petite bouteilla de bon vin di Borgogna, per me restaurer oun tantinetto ; & pouis je ne vi demande piou autre chosa que mon lit.

LA FEMME, à part

Quelle sobriété !.. Elle pourra pardine bien se coucher quand elle aura avalé tout ça. (Haut) Madame, il n'y a pour le moment ici en volaille qu'un petit poulet ; mais il est froid à présent. Si vous aimez le cochon de lait, par exemple, en voici un petit qui est blanc comme neige, & qui sera tendre comme un poulet.

L'AMAZONE.

Tanto meglio! Mettez-moi-le tout de suite à la broche. Sta piece d'aloyau tient tout le feu ; est elle rôtie?

LA FEMME.

Madame, je ne crois pas ; ce sont des viandes qui cuisent à tout hasard pour le service de la maison.

L'AMAZONE.

Eh bien! ôtez-la. Mettez-moi le petit cochon de lait ; faites-le cuire bien à propos ; que la peau y soit bien croquante, bien rissolée, là, bien jaune, dorée.... ouna bona petito farça dedans, bien relevée, bien appetissante, ouna petito pointa d'ail imperceptible ; & pouis vi me le servire toute fumante ; que le jous y sorte sous le couteau, avec oun petit morceau de fromaggio per il desserto, & quouesto mi farà oun petit souper delicioso.

LA FEMME, à part

Oui, un petit souper de Gargantua. (Haut) Allons, Madame, je vais vous apprêter cela. Permettez que je vous conduise à votre appartement.

L'AMAZONE.

Non, sa bisogna di prendere touta sta peina. Voilà ouna chambre ; je souis beaucoup fatiguée : je ne vado pas piou loin.

LA FEMME.

C'est justement la chambre que je vous destinais, Madame ; & je vais vous y conduire.

L'AMAZONE.

Non. Lassiaté fare à mi ; vela la porta, je trouverai bien la chambre. Faté-mi la piacere d'embrosser tout de suite il petit cosson ; vela tout ce que je vi demande ; & moi je vas me jeter sur ce lit, en attendant.

LA FEMME

A la bonne heure, Madame ; mais la politesse...

L'AMAZONE.

Il ne faut pas de politeffa… Laiffieté mi aller, & penfez folement il petit coffon.

LA FEMME.

Allons, Madame, je vous obéis.

L'AMAZONE.

C'eft bien… (*Elle fe retourne & voit la femme qui la fuit ; elle la repouffe en difant :*) Ii petit coffon… Allez donc.

(*Elle entre.*)

SCÈNE XVI.

LA FEMME *feule , débrochant l'aloyau pour mettre le cochon de lait à la broche,*

Il me paroît que ça fera une bonne pratique que cette dame-là! Elle eft bien polie, bien délicate, bien fatiguée. . mais elle a un fier appétit… Il faut que je lui mette auffi du vin à rafraîchir… Il n'eft pas de Bourgogne comme elle le demande; mais une fois qu'il fera bien frais… Et puis, dans ces cas-là, un cachet… à une femme fur-tout, c'eft le bouchon qui fait tout.

SCÈNE XVII.

LA FEMME; LE CHEF DE CUISINE,
avec un panier de provifions.

LA FEMME.

Oh! vous revenez bien tard, Monfieur le Chef.

LE CHEF.

Dame; il n'y avoit rien au marché, & tout eft d'une cherté… on ne fait quoi prendre… Où donc eft M. Dodinet?

LA FEMME.

Il eft forti. Prenez garde s'il vient du monde; pour moi, je m'en vais à la cave chercher du vin de Bourgogne.

LE CHEF.

Peine inutile; il n'y en a pas.

LA FEMME.

Oh! j'en trouverai.

(*Elle sort.*)
(*Le chef défait son panier sur la table.*)

SCENE XVIII.

LE CHEF, UN VALET GASCON.

LE GASCON *à part, en entrant, dit en bon français :*

QU'EST-CE que c'est que cet homme-là? C'est le cuisinier, apparemment... Bon! j'aurai passé toute la maison en revue. (*Haut en gascon.*) Ho-là, l'ami!

LE CHEF.

Qu'est-ce qu'il y a pour votre service, Monsieur?

LE GASCON.

Pour mon service, à moi? Eh! sandis! c'est du bostre qu'il rétourne ici. ... Dieu sait comme les pour-boire y bont pleuvoir dessus bous!

LE CHEF.

Allons, ventre-bleu! qu'il en tombe une nuée toute entière... Eh! de quelle part enfin?

LE GASCON.

Abez-bous des logemens de bacans?

LE CHEF.

Oui, dà. Pour qui ça?

LE GASCON.

Ah! sandis! peur qui?... C'est ici l'auberge des Etrangers, n'est-ce pas?

LE CHEF.

Sans doute.

LE GASCON.

Eh bien! je bous en amène un qui est lé nec plus ultrà des bovageurs étrangers, passés, présens & futurs; un homme qui a parcouru les quatre parties du monde.

LE CHEF.

Diantre! Qui donc ça?

LE GASCON.

C'est un Grec qui revient de la Chine.

LE CHEF.

La peste! ça doit être curieux! Et parle-t-il français ce Grec-là?

LE GASCON.

Non; il parle turc.

LE CHEF.

Eh! comment diable est-ce qu'on peut l'entendre?

LE GASCON.

Oh! céla n'est pas difficile; jé bous expliquerai lé tout : d'ailleurs, il a des façons .. des maniéres... des gestes... on né peut pas plus significatifs.

LE CHEF.

Ah! je comprends .. (*Il fait le geste de donner de l'argent.*)

LE GASCON.

Oui, sandis! bous y êtes.

LE CHEF.

Eh! ventrebleu! c'est ce qu'on appelle parler français ça. Dites-moi, est-il difficile à servir? qu'est-ce qu'il mange?

LE GASCON.

Oh! presque rien. Sa cuisine né vous donnéra pas dé peine... D'abord ôtez-moi cette viande .. il n'en peut pas seulement sentir l'odeur. Tenez, voilà justement ce qu'il lui faut. Faites seulement cuire un petit poisson avec du riz; c'est son plus grand régal.

LE CHEF.

Oui; mais ça ne sera pas cher si écot-là!

LE GASCON.

Que boulez-vous? Je bous l'ai dit; ces gens-là, c'est frugal; c'est comme les Gascons... encore plus généreux; ils n'épargnent rien pour leur dépense. Otez-moi tout céla, bous dis-je, & né bous inquiétez point; il bous paiera tout comme s'il eût mangé. Servez-le bien seulement, & ne soyez en peine de rien autre... Pour la boisson, par exemple, il est gourmet. Il lui faut du vin de Chypre : cherchez-en; ne faites pas de prix abec lui, entendez-bous. Il est si libéral, qu'il né donné jamais d'argent.

LE CHEF.

Bah! qu'est-ce qui paie donc pour lui?

LE GASCON.

Eh! cap-dé-bious, c'est lui-même, avec dé l'or! Il n'en porté pas d'autres : toujours ses poches pleines, & à poignée, sans compter.

LE CHEF.

L'or est donc bien commun dans son pays?

LE GASCON.

LE GASCON.

Commé sur les vords dé la Garonne ; c'est tout dire.

LE CHEF.

Diantre! S'il vouloit m'emmener avec lui à son retour, je ferois volontiers un petit séjour d'une couple d'années dans ce pays-là.

LE GASCON.

Eh donc! céla sé peut très-bien sé faire : jé bous y récommanderai... Et moi, me donnerez-bous un petit morceau d'ami?

LE CHEF.

Oui, dà. J'ai là un poulet de maître ; je vous le servirai.

LE GASCON.

A la bonne heure. Où nous logerez-bous?

LE CHEF.

Oh! ne vous inquiétez pas, vous serez bien.

LE GASCON.

Donnez-nous la velle chambre ; au moins l'appartement des Etrangers, fandis!

LE CHEF.

Oui, Monsieur ; oui, vous l'aurez.. Tenez, la voilà... La vue n'en coûte rien. Voyez si vous serez content..

LE GASCON

Bon! Tandis qué jé bais bisiter l'appartement, mettez - moi bite cuire lé poisson ; car le Grec mé lui ont de loin ; & réservez cette biande commune pour les petites gens qui bous surbiendéront.

(Il entre.)

SCÈNE XIX.

LE CHEF seul.

OH! je n'en suis pas en peine ; on trouvera à la placer. Allons, morbleu, voilà une bonne rencontre pour moi : Je n'ai été à la maison qu'un demi-quart-d'heure, & j'aurai plus fait de profit à l'auberge que le maître & la maîtresse dans toute la journée!.. Ils n'ont encore jamais vu de Grecs eux. Dame ça en impose ces gens là. Je veux voir la mine qu'ils feront, quand ils sauront ça. Otons vite cette viande, & mettons cuire ce poisson... (Il prend la broche.) Mais comment diable cela sé fait-il donc? Tantôt en allant au marché, j'ai mis un poulet à la broche, & j'y retrouve un cochon de lait!.... C'est apparemment une idée de M. Dodinet; il entend la cuisine comme.... Mais n'est-ce pas là mon Grec?... Oui, ma foi...

SCENE XX.

LE CHEF; LE GREC, *en habit d'Arménien.*

LE GREC, *saluant à la turque.*

SABSAHEB salamalec.

LE CHEF.

Qu'est-ce qu'il demande à présent, du salé?

LE GREC.

Alpha, beta, gamma...

LE CHEF.

Comment, béta!... Il n'est guère poli ce Grec-là!... Qu'est-ce que vous voulez, Monsieur?

LE GREC, *faisant beaucoup de gestes ridicules.*

Cari mama mouchi, alla... Logea, coucha, mangea, paya, paya, paya...

LE CHEF.

Ah! oui; je vous entends... Paya, paya... Bona! bona!... (*A part.*) Le Gascon avoit raison; on l'entend bien.

LE GREC.

Eh ben! parlara, parlara...

LE CHEF.

Allons, allons, marcha, marcha... (*Il le fait entrer dans la chambre.*)

SCENE XXI.

L'AUBERGISTE, *revenant par la porte de la rue, avec deux bouteilles.*

ENFIN, v'là de la bierre. Faut que j'aie couru la moitié de la ville pour en avoir. Je ne sais pas si elle est bonne; mais ça en augmentera ben le prix, ste course-là.

SCENE XXII.

L'AUBERGISTE, LA FEMME, *revenant du côté de la cour, avec un panier & du vin.*

LA FEMME.

V'LA mon vin tout prêt & des cachets fur les bouteilles ; il eſt baptifé Bourgogne comme jamais il n'en fut.

SCENE XXIII.

L'AUBERGISTE, LA FEMME, LE CHEF, *fortant de la chambre.*

LE CHEF.

V'LA mon Grec logé. Voyons ce poiſſon à préfent... (*Apper-eevant Dodinet.*) Ah! vous v'là, notre maître? Dites-moi donc un peu, qu'eſt-ce qui a décroché mon poulet que j'avois mis tantôt?

L'AUBERGISTE.

Eh! c'eſt moi; n'en prends aucun ſouci, va. J'ai une bonne occaſion aujourd'hui. V'là les étrangers qui viennent pourtant. J'ai un Anglais de Phidelphie; hem!... c'eſt ça qu'eſt loin! ça peut achalander mon auberge encore ben mieux, dame! C'eſt pour lui ſte bierre-là. Mais je regarde une choſe, moi. Qu'eſt-ce qui a donc retiré mon aloyau que j'avois remis à la place du poulet?

LA FEMME.

C'eſt moi, mon ami ; mais ſoyez tranquille. J'avois ben au-trement befoin du feu que vous, moi! C'eſt pour une dame ita-lienne de Veniſe, qui vient de Hollande, même que v'là du vin de Bourgogne que je viens de l'y arranger exprès. Vous voyez ben, une femme y a ben plus à gagner avec elle... & encore fur le cochon de lait, mon ami... Eh ben! mais où ce qu'il eſt donc auſſi? qu'eſt-ce qui l'a ôté?

LE CHEF.

C'eſt moi, note bourgeoiſe. Vantez que c'eſt encore moi qui ai eu la plus belle chance! J'ai un Grec de la Chine qui parle arc, moi!

D 2

L'AUBERGISTE.

Un Grec de la Chine qui parle turc!

LE CHEF.

Dame, moi; c'est encore ben plus loin ça, & ben plus rare! Il ne veut que du poisson; & il paiera tout lui avec de l'or, par poignée, & sans compter! Hem… Y a-t-il une fière carte à faire là?

LA FEMME.

Ah! jarny, v'là une bonne foire pour nous, ça! Et où avez-vous logé votre Anglais, mon ami?

L'AUBERGISTE.

Il est allé se promener sur le port; mais je l'y ai promis sie chambe-là… c'est un mylord!… Et vous, votre dame italienne?…

LA FEMME.

Moi? Je l'y ai donné sie chambe-là aussi. Ainsi votre Anglais ira où il voudra. (*Au chef.*) Et vous, où avez-vous logé votre Grec?

LE CHEF.

Ma foi, je l'ai mis dans sie chambe-là aussi.

LA FEMME.

Comment dans sie chambe-là! Et y est-il à présent?

LE CHEF.

Oui sûrement; je viens de l'y conduire.

LA FEMME.

Ah! jarny, vous avez fait là un beau coup! Mon Italienne qui s'y est jetée sur le lit, en attendant le souper!

LE CHEF.

Ma foi, ils s'arrangeront; je ne savois pas tout ça, moi.

L'AUBERGISTE.

Ah! queu quiproquo! Comment qui vont donc s'accorder à st'heure?

SCENE XXIV.

Les Précédens; L'ANGLAIS, *entrant par la porte de la rue.*

L'ANGLAIS.

EH bien! Monsieur l'Aubergiste, j'ai donné du temps; mon aloyau est-il cuit?

L'AUBERGISTE, *à part.*

Ah! nous v'là ben… v'là note reste… (*Haut.*) Mylord…

L'ANGLAIS.

Comment, Mylord!...qu'est-ce à dire?... J'ai faim, entendez-vous? J'ai commandé ma souper, je paie bien, j'ai donné du
temps pour faire, & je prétends être servi tout de suite.

LA FEMME.

Mylord...

L'ANGLAIS.

Encore mylord...Eh! est-ce que c'est...Voulez-vous aussi?...

LA FEMME.

Mylord, je di que...

L'ANGLAIS.

Moi, Madame, je dis rien. Je demande mon aloyau; & je veux
tout de suite, entendu-vous bien?... Allons, porte dans mon
chambre... *(Il va pour entrer.)*

LE CHEF.

Ah! Il va réveiller l'Italienne celui-là!

LA FEMME, *retenant l'Anglais.*

Ecoutez donc, Mylord?

L'ANGLAIS.

Que diable! écoutez! je n'ai pas le temps : je veux manger,
& point du tout parler ni écouter.

L'AUBERGISTE.

Mylord, voilà le vrai...C'est que votre souper n'est pas encore
cuit.

L'ANGLAIS.

Il n'est pas cuit encore!

LA FEMME.

Non. Pour le moment il y a du monde dans votre chambre,
par un quiproquo...

L'ANGLAIS.

Ah! il y être un quiproquo dans mon chambre?

LA FEMME.

Oui, Mylord; une dame...

L'ANGLAIS.

Fin dame! Bon! j'entre tout de suite.

LE CHEF.

Et pis il y a un Grec aussi.

L'ANGLAIS.

Un Grec aussi! J'entre encore plus davantage; je veux voir la
Grec, moi... En attendant commencez par jette moi ça par terre,
& remette mon aloyau au feu tout-à-l'heure... Allons, faire tout
de suite... ou si mon je... Goddem!... prends garde à vous...

Allons, marmiton… (*Il lui prend son bonnet, qu'il lui jette au nez.*)

LE CHEF.

Eh bien! Mylord, ça va t'être fait.

L'ANGLAIS.

Fort bien!.. Donne-moi la bierre; je vais toujours là dedans pour savoir si la dame il est jolie, & si la Grec il est aussi malin comme on le dit.   (*Il entre*)

SCENE XXV.

L'AUBERGISTE, SA FEMME, LE CHEF.

L'AUBERGISTE.

VOYEZ-VOUS la belle avanie que vous m'avez fait là, vous autres, en me plaçant là du monde, & en décrochant ma viande sans me le dire.

On entend dedans la chambre :

Le Grec. Alla bella quia carta roumara ; cissa daga.

L'Anglais. By God, Monsieur la Grec, Turc ou Chinois, nous mangerons de baloyau ensemble avec la Madame

L'Amazone. Ma signora! qu'ouella-ce que c'est donc que sia maniera qu'ouesio zele mio appartemento! Qu'ouest-ce que vi me demande?… (*Elle appelle.*) Monsieur l'hôte, Madama l'hotella, venite qu'oui, venite qu'oui?

L'Anglais. Goddem! la première qui entre ici je brûle son cervelle avec ma pistolet.

LE CHEF, à l'Aubergiste.

Allez donc, notre maître; allez donc mettre le ho-là.

L'AUBERGISTE

Moi je n'irai pas là; qu'ils s'arrangent! je ne connois pas vous autres. Pour la femme ils ne la tueront sûrement pas.

On entend en dedans :

L'Anglais. Comment, Madame, vous ne voulez pas trinquer avec?…

L'Amazone. Signor cavaliero; ah! qu'ouesto tropo! c'est oun chosa indigna!

L'Anglais. Eh ben! Madame, je boire à votre santé. Allons, Grec, drinque you ser.

Le Grec Alla balla faheh, naën, naën.

L'AUBERGISTE.

Écoutez ; entrons tous ensemble ; ça leur en imposera peut-être.

────────────────

SCENE XXVI.

LES PRÉCÉDENS ; L'AMAZONE, *sortant de la chambre.*

Qu'OUEST-CE que c'est donc, Madame ; est-ce que la votre auberge il est oun lieu per insoulter la viageur ? J'en ferai mi plaintes al ministre dont je souis fort connue, & certainement je ferai fermer la votra hôtellerie.

L'AUBERGISTE.

Madame, je vous demande mille pardons ; mais ce n'est pas ma faute. On va, si vous voulez, vous servir dans une autre chambre.

L'AMAZONE.

Non, non, Monsiou, el brouit, il ne me fait pas peur. Je souis femme, ma je ne cede pas volontiers ; & s'il faut encore en venir à faire ouna &do (*geste d'arm*), je ne crains pas les Anglais ni les Grecs, foyez fours... Ainfi la chambre il est à moi ; j'y étois la première, & j'y resterai, & j'y mangerai mon coffon de lait Je ne vi z'en dis pas davantage. J'y retorne, & vi pouvez me le servir.

LE CHEF.

Encore un autre accroc ; c'est que le cochon de lait n'est pas cuit.

L'AMAZONE.

Eh ! conspetto di bacco, je ne m'étonne pas ; vi l'avez retivé dou feu ! Ah ! maleditto coco del demonio ! voi tou me rembrosser ça tout-à-l'heure ?

LE CHEF.

Eh ben, eh ben, Madame, v'là que j'y vais.

L'AMAZONE, *le prenant au colet.*

Anima, via donc, marmiten del diavolo !

LE CHEF.

Eh ! là, là !... doucement... vous m'étrangliez... Tu chous ! quel poignet !. Oh ! oui, vous avez raison ; fi vous avez une affaire d'honneur là-dedans, je parie encore pour vous.

L'AMAZONE.

Dépêche-vous. Moi je rentre ; & que que je que j'aurai dit un mot al mio poſtillon, je vi réponds de tout. Dove ce qu'il eſt l'écourie ?

L'AUBERGISTE.

Par-là, Madame... Si vous voulez, je vas vous y conduire.

L'AMAZONE.

Non, Signor, non ; reſtez li, & faites cuir il mio coſſon de lait...(*Elle appelle.*) Ho-là Joanne ... (*Elle ſort par la cour.*)

SCENE XXVII.

LES PRÉCÉDENS, *hors* L'AMAZONE.

(*On entend dehors les deux voix d'Allemand & d'Italienne.*)

En dedans.

L'Allemand. QU'EST - CE que l'y être, Montame ?

L'Italienne. Portate qu'oui la mia ſpada, & preſto.

L'Allemand. Tout-à-ſt heure elle porte pour ſous.

LA FEMME DE L'AUBERGISTE.

Ah ! mon Dieu ! quelle femme !...Ils vont ſe battre là-dedans, mon ami.

En dedans.

L'Anglais. Charles ; porte-moi la paire de piſtolets carabinés.

Le Matelot. Ah ' tronc ! eſt-ce t'i pour allumer votre pipe ?... Attendez ; j'y vas mettre des pierres toutes neuves.

L'AUBERGISTE.

Miſéricorde !... ça va faire une boucherie ici !

En dedans.

Le Grec. Ali bec ! ein adeci la courgi kia carta da cadi leje.

Le Gaſcon. Eh ! ſandis ! bous demandez un homme de juſtice ? Je cours bous en chercher un ; & bous ferez botre plainte bous même.

LE CHEF

Un homme de juſtice ! Ça devient trop ſérieux !.... Je me ſauve.

(*Il ſort.*)

SCENE XXVIII.

SCENE XXVIII.

L'AUBERGISTE, SA FEMME, LE GASCON.

LE GASCON.

QUE diable abez-bous donc fait? Mon maître, qui est la douceur même, se plaint qu'on l'a insulté. Il m'envoie au corps-de-garde pour y demander main-forte.

LA FEMME.

Ah! mon cher ami, n'y allez pas, c'est un mal-entendu; tout ça va s'arranger.... Tenez, les voilà déjà plus tranquilles; on n'entend plus rien.

LE GASCON.

Ecoutez donc; jé beux bien bous obiger; jé vais feindre d'y aller, & jé resterai dans l'écurie. Mais j'enrage la faim; & pendant tous ces débats-là, donnez-moi quelque brimborion à manger pour passer le temps.

L'AUBERGISTE.

Oh! volontiers. Ce pauvre garçon! C'est juste, ça.

LE GASCON.

On m'avoit menacé tantôt d'un certain poulet... Qu'est-il débénu?

L'AUBERGISTE.

Ah! le poulet! Je l'avois promis tantôt; mais c'est égal...le voilà, tenez...

LE GASCON.

Bon! Donnez toujours pour me serbir dé conténance: jé bais tâcher, comme on dit, d'en tirer pied ou aile.

LA FEMME.

Voilà aussi une bonne bouteille de vin pour boire avec. Allez-vous-en dans l'écurie, comme vous dites, & tâchez de prendre patience.

LE GASCON.

Oui; jé bais faire mon possible pour m'étourdir là-dessus. Si bous les entendez crier dabantage, laissez-les faire, & n'ayez pas peur; ils né sé féront pas dé mal, jé les connois. Pressez seulément lé souper. La table est un médiateur universel. Tel qui sé chamaille à jeûn, sé raccommode lé berre à la main. Au rébois.

(*Il sort par le côté de la cour.*)

E

SCENE XXIX.

L'AUBERGISTE, SA FEMME.

L'AUBERGISTE.

Il a pardine raison ; ça arrive souvent, ça. Ainsi, ma femme, mets du bois dans le feu, & pressons ça ; nous en serons peut-être quittes pour la peur.

On entend derrière :

En allemand. Tertrifle ! la poulet y être à moi, Madame l'auperche ; l'y afre promis pour moi.

En provençal. Ah ! tronc ! qu'est-ce que je mangerai donc, moi ? du pain sec. Mon maitre il a obtenu pour moi ce poulet ; & je le mangerai, ou le diable y vous emportera.

LA FEMME.

Allons ; encore une dispute entre les valets à présent !

En gascon. Cadédis ! jé lé tiens ; & jé bous réponds qué jé n'en laisserai qué les os, encore féront y bien nets !

En allemand. Das is dordoudre flooh tartrifle ! . . .

En provençal. Ah ! coquin de traitre ! tu frappes ! . . . Attends, attends.

En gascon. Eh ! sandis ! né prénez donc pas les chéveux ! . . .

(*Clac, clac ; coups de fouets, bacchanal de hors ; on renverse des tables, des chaises ; aboiemens de chiens ; ahi, ahi ; cris des personnes, coups de pistolets, cliquetis d'épée, &c. enfin toutes sortes de bruits, &c.*)

LA FEMME, *effrayée.*

Ah ! ciel ! quel tintamare ! quelles malheureuses canailles que tous ces valets-là ! Les v'là qu'ils se tuent : qu'ils s'assassinent ! Ils ont brisé tous nos meubles ! v'là notre maison ruinée ! Nous v'là perdus !

L'AUBERGISTE, *tout étourdi.*

Au secours ! au secours ! ho-là, Fanchon ! Javotte ! Monsieur le chef ! du monde ! Ho-là ; venez donc quelqu'un !

SCENE XXX.

Les Précédens, UN SERGENT DE PATROUILLE.

(Il est en redingotte bleue.)

LA FEMME, *à son mari.*

AH! bon Dieu! v'là la garde! arrange-toi avec eux.

(Elle veut se sauver; le sergent la retient.)

LE SERGENT.

Un instant, Madame; on ne sort pas comme ça. Il faut nous expliquer ce que c'est que ce bruit-là. Parlez, vous, M. l'aubergiste?

L'AUBERGISTE.

Hélas! Monsieur, que voulez-vous que je vous dise.... C'est des étrangers qui sont ici qui se battent... Mais ce n'est pas ma faute, c'est celle de ma femme. Pardonnez-le-moi, & je vous assure qu'elle sera bien grondée, allez.

LA FEMME

Moi! Monsieur le Sergent, c'est pas ma faute, non plus; c'est celle du chef de cuisine, qui a fait un embrouillamini avec deux écots différens; mais je vous assure que je l'y vas faire son compte, & qu'il sera renvoyé.

LE SERGENT.

Bon! La femme sera grondée, le cuisinier renvoyé; & vous, M. l'aubergiste, qu'est-ce que vous aurez pour punition?

L'AUBERGISTE.

Eh ben, dame, moi, je paierai si vous voulez une amende. J'y vas de bonne-foi; vous n'avez qu'à me tasquer vous même. Combien voulez-vous-t'y que je paie?

LE SERGENT.

Vous êtes trop raisonnable, & je vais arranger votre affaire. Faites-moi venir les étrangers?

(La femme entre dans la chambre; l'aubergiste va dans la cour. Pendant ce temps, le sergent retourne sa redingotte, qui de bleue devient rouge, ôte sa perruque & déborde son chapeau, qui n'étoit que faufilé, de sorte qu'il reparoît dans le costume de Valville, tel qu'il étoit à la première scène.)

E 2

S C E N E XXXI & dernière.

L'AUBERGISTE, SA FEMME, VALVILLE.

SA FEMME, *sortant de la chambre.*

IL n'y a plus perſonne dans la chambre ; les maîtres n'y ſont plus !

L'AUBERGISTE, *sortant de la cour.*

Et les valets, qui ſe battoient il y a un inſtant, ne ſont plus dans la cour !

LA FEMME, *regardant Valville.*

Et le ſergent n'eſt plus ici non plus !

VALVILLE.

Tout au contraire, Madame ; tout votre monde y eſt. Vous voyez même encore un perſonnage de plus, dont vous aviez beſoin pour vous tranquilliſer. (*Au mari.*) Fiſquez vos deux yeux ſur moi, M. Dodinet... Ne reconnoiſſez-vous à préſent ?

L'AUBERGISTE.

Pardine ! ſûrement. C'eſt vous, l'homme à la valiſe, n'eſt-ce pas ? de Lyon, de la Bourgogne ... & . . comment donc encore ?...

VALVILLE.

Du Languedoc...

L'AUBERGISTE.

Oui, tout juſte, vous y êtes... Mais comment donc que vous êtes mêlé là-dedans, vous, avec tout ce monde ?

VALVILLE.

Je n'y ſuis pas mêlé, moi. Je viens, au contraire, pour vous démêler vous... Madame, que la querelle que vous avez entendue ici ne vous faſſe pas peur, elle n'ira pas plus loin .. Vous, Monſieur, quant à l'amende que vous vous impoſez de vous même, je vous la remets, & pour réparer votre tort, ne changez ni de femme ni de cuiſinier, comme vous dites ; mais changez ſeulement d'enſeigne, ou du moins tenez votre auberge ouverte pour tout le monde, & que les étrangers ne vous faſſent pas manquer à vos compatriotes. Croyez qu'il y a de bonnes gens de tous les pays ; apprenez à les bien ſervir ; ayez des égards pour les plus honnêtes gens, & ne vous méfiez que des Grecs.

LA FEMME.

Vous avez bien raison, Monsieur, ces gens-là, avec leurs baragouins... j'en suis bien lasse.

VALVILLE.

Au surplus, les bons comptes font les bons amis. Je ne veux rien avoir à vous; ainsi prenez l'argent de votre poulet, car c'est à moi que vous l'avez donné.

L'AUBERGISTE.

Comment? à vous! c'est-y possible, ça?

VALVILLE.

Oui, à moi-même. Et prenez même l'argent de mon coucher, car je vous demande à présent la chambre de la compagnie dont je vous ai débarrassé.

L'AUBERGISTE.

Comment! Mais cet Anglais...

VALVILLE, *parlant anglais.*

Goddem!.... Il n'y a pas ici d'autre Anglais que moi pour manger l'aloyau.

LA FEMME.

Et Madame l'Italienne de Venise?

VALVILLE, *baragouin italien.*

La mangeuse de cosson de lait?...

L'AUBERGISTE.

Ah! oui; est-ce que vous la connoissez aussi?

VALVILLE.

Oui; elle est aussi de ma fabrique. L'Anglais, l'Italienne, l'Allemand, le Matelot provençal, le Gascon, le Grec qui parle turc... tout cela sort de ma valise de cuir de Russie, qui est encore chez vous, entre les deux portes de la chambre voisine; & vous me permettrez de les y remettre. C'est une petite comédie que j'ai voulu essayer, & dont je vous ai donné la répétition.

L'AUBERGISTE.

Ah! Monsieur le Grec!... Oui, jarny! c'en est ben là un tour! pas vrai, femme?

VALVILLE.

Non, mon cher, ce n'est pas un tour; c'est une petite leçon dont vous aviez besoin. Vous m'avez éconduit tantôt; mais apprenez que dans tout état où l'on sert le public, il ne faut point faire acception des individus, & qu'on ne sauroit trop chercher à mériter la bienveillance du moindre particulier, puisqu'il fait partie de ce grand tout qui est pour nous si respectable.

L'AUBERGISTE.

Ah! mordienne, oui! vous avez ben raison. Je vous remercie de votre leçon, & je renonce à mon enseigne... Allons, femme, décroche-là; il n'y a plus rien ici pour les étrangers.

VALVILLE.

Prenez garde, Monsieur, il ne faut pas non plus tomber d'une extrémité dans une autre.

LA FEMME.

Sans doute, mon ami, gardons un juste milieu. (*A Valville.*) Et vous, Monsieur, pour preuve de notre reconnoissance, toutes les fois que vous repasserez par ici, venez nous voir, nous vous donnerons la belle chambre; & vous verrez que nous mettrons désormais autant d'empressement à servir tous les voyageurs indistinctement, qu'à nous rendre dignes des suffrages du public.

FIN.

www.ingramcontent.com/pod-product-compliance
Lightning Source LLC
Chambersburg PA
CBHW060851180626
46818CB00004B/1658